NOUVEAUX
ESSAIS POÉTIQUES

PAR

GORMAND

EX-CAVALIER AU 1er DE HUSSARDS.

DIJON

PICARD, LIBRAIRE, RUE CONDÉ

(Imprimerie Loireau-Feuchot.)

1857

ACROSTICHE.

L a victoire ou la mort, c'est ma devise chère,
E t j'aime la mêler à la voix du canon.
P artout où l'Océan roule son onde amère
I l me voit promener mon audace et mon nom ;
R ien ne peut affaiblir mon bras et mon courage ;
A u milieu des combats je goûte le bonheur.
T oujours pesant sur moi, l'anathème et l'orage
E panchent en grondant l'ivresse dans mon cœur.

RICHE, SOYEZ HUMAIN.

———

Vous dont l'argent embaume la carrière
Comme les fleurs enfbaument le printemps,
Vous ne songez à la faulx meurtrière
De ce vieillard que l'on nomme le Temps;
Vous n'y songez, mais cette faulx cruelle
Peut-être, hélas! vous frappera demain.
Pour mériter l'indulgence éternelle,
Au nom du ciel, riche, soyez humain.

L'humanité vieillit sur les savanes,
Elle y répaud la paix et le bonheur,
Elle est encore au sein des caravanes
Et son drapeau les guide avec honneur.
Il flotte enfin sur tous les bouts du monde;
Sous ses beaux plis le Chinois, le Romain
Voient s'écouler des jours plus beaux que l'onde;
Au nom du ciel, riche, soyez humain.

Soyez humain, mortel qui de la terre
Et du printemps goûtez le premier fruit;
Soyez humain, le pauvre prolétaire
Vous ouvrira son cœur et son réduit.
Privé de tout dans sa froide retraite,
Triste, il attend venir le lendemain.
Pour soulager son existence honnête,
Au nom du ciel, riche, soyez humain.

Soyez humain, c'est un divin symbole,
Emblème pur de sagesse et d'amour;
Le Christ en fut la douce parabole
Dans le désert en priant pour nos jours.
Sur l'indigence attendant votre aumône
Ne jetez pas un regard inhumain.
Vous le savez, est bien heureux qui donne;
Au nom du ciel, riche, soyez humain.

Soyez humain, car, dans sa vie austère,
L'ouvrier n'a, pour consoler son cœur,
Que le soutien du céleste mystère
Qui dans son ame épanche la douceur.
Jamais, hélas! la fortune rebelle
N'offre sa coupe à sa caleuse main;
Mais puisqu'à vous toujours elle est fidèle,
Au nom du ciel, riche, soyez humain.

Soyez humain, le Seigneur vous demande
Un peu de pain pour l'arche du malheur.
Donner au pauvre est la plus belle offrande
Que peut au Christ adresser votre cœur.
Pour nos péchés, sur un affreux Calvaire,
Il expira sur un sol inhumain.
A le servir si vous êtes sincère,
Au nom du ciel, riche, soyez humain.

Soyez humain, car tous nous sommes frères,
Et Dieu protége également nos ans;
Mais il en est que sa bonté préfère,
Et ce sont ceux des hommes bienfaisants.
Les jours souillés par l'avarice infâme
A ses regards ne sèment qu'un venin.
Si son amour ici-bas vous enflamme,
Au nom du ciel, riche, soyez humain.

Soyez humain pour qu'à l'heure dernière
Un ange pur comme un divin flambeau
Vienne gaîment fermer votre paupière
Et vous ouvrir la porte du tombeau.
Vous n'en doutez, ici-bas tout trépasse,
Nul ne saurait éviter ce chemin.
Pour que vers Dieu vous ayez un jour place,
Au nom du ciel, riche, soyez humain.

A L'ENFANCE.

Jouez, vous dont la vie est encor sans nuage,
Dansez dans le bocage aux doux sons du hautbois;
Allez, avec l'espoir qui berce le jeune âge,
Entendre le coucou chanter au fond des bois,
Puis, auprès du chevreau broutant la clématite,
Sur le rocher blanchi par l'œil frais du matin,
A l'abri du buisson que le zéphir agite,
Voir l'onde à blancs flocons rouler dans le ravin.

Quand la poule acariâtre, au comble de l'ivresse,
Au sein de ses poussins dans l'enclos va glousser,
J'aime à vous voir sans crainte avec calme et adresse
Sur le cordeau volant gaîment vous balancer.
Oh! oui, j'aime à vous voir, sur cette souple corde
De vos bras rondelets enlaçant le contour,
Vos blonds cheveux flottants, sans trouble ni discorde,
Avec légèreté vous bercer tour à tour.

J'aime à vous voir aussi loin de votre chaumière,
Où le soir vous ramène unis et sans danger,
Plus lestes que l'agneau qui bondit vers sa mère,
Sans trève pourchasser le papillon léger.
Déjà ce papillon, sur la blanche aubépine,
Ouvre orgueilleusement son aile de velours ;
Courez pour le saisir, troupe blonde et lutine,
Comme les siens bientôt passeront vos beaux jours.

Oui, ces jours passeront comme passe l'atôme,
Dans l'espace emporté par le vent du chemin,
Comme passe la fleur épanchant son arôme
Sur la bouche amoureuse au séduisant carmin,
Comme passe l'oiseau qui plane vers les nues,
Appelant par ses cris la neige et les frimas,
Et que d'autres régions, par ses hordes connues,
Ne laissent séjourner au sein de nos climats.

Ils passeront, enfant ; n'en doutez, de cet âge
Vous n'aurez bientôt plus qu'un tendre souvenir.
Ce bonheur innocent que l'amour vous partage
Fuit sous l'épais tissu qui voile l'avenir.
Voyez ces verts tapis où vous jouez sans cesse
Et qui semblent pour vous n'enfanter que des fleurs
Chacun de ces soleils en s'enfuyant y laisse
Un germe qui bientôt vous offrira des pleurs.

Mais puisqu'ils passeront comme passe un doux rêve,
Comme passe un croissant qui glisse dans les cieux,
Comme passe une vague apportant à la grève
Le sable qui blanchit ses bords silencieux,
Ecoulez-les gaîment loin de ces places viles
Où l'on voit fourmiller maints essaims corrupteurs,
Et du troupeau cherchant l'orgie au fond des villes,
Fuyez, fuyez, enfants, les flots perturbateurs.

Fuyez ces chars pompeux traînés par les chimères,
Ces lustres mensongers, au clinquant gracieux ;
Fuyez-les, car souvent des larmes trop amères
Entourent cet éclat qui fascine vos yeux.
Ne cherchez point l'encens de ces riches tentures
Que parfois l'homme goûte au prix de son honneur ;
Il en est un plus doux sous vos humbles toitures
Offrant à votre cœur un plus constant bonheur.

Allez, et pour jamais que votre ame innocente
Reste de la candeur un limpide miroir.
Qu'en elle tout ressemble à la feuille naissante
Que le lis du vallon ouvre au vent frais du soir.
Qu'elle soit toujours pure et blanche comme un lange
Que l'onde a vu souvent plonger dans son cristal,
Comme la blanche rose où rien ne se mélange
Et que l'œil aime à voir ceindre un front virginal.

SOUVENIRS D'ENFANCE.

Sylphes, pourquoi venir à mon ame sensible
Rappeler ces instants qui l'ont fui pour jamais?
Pourquoi, dans ma mansarde oubliée et paisible,
Venir me rappeler ce chaume que j'aimais?
Oui, je t'aimais, vieux chaume, où ma pensée errante
Vole à côté des noms toujours chers à mon cœur;
Et toi, verte charmille à la feuille odorante,
J'aimais à me couvrir de ta douce fraîcheur.

Mais fuyez mon réduit, doux souvenirs d'enfance,
Puisque loin de ces lieux mes ans doivent finir;
Ne venez point combler le poids de ma souffrance,
Seul ici laissez-moi sur mes peines gémir.

Oui, j'aimais cette haie où le printemps fait naître
Et l'amère ciguë et l'austère chardon;
J'aimais ce trèfle au pied de mon humble fenêtre,
Quand sur ses roses fleurs voltigeait le bourdon.
Je vous aimais aussi, berceaux frais et rustiques
Où résonnait le soir le perçant flageolet,
Où le pâtre, oubliant ses devoirs domestiques,
A nos jeux innocents librement se mêlait.

Mais fuyez mon réduit, etc.

Bois aux mornes sentiers, aux clairières discrètes,
Poétiques vallons, vous aviez mon amour.
Rochers silencieux, j'aimais vos blanches crètes,
J'aimais vos sombres flancs qu'habite le vautour.
Je vous aimais, prés verts, où la maigre génisse
Laye ses noirs sabots dans la blanche rosée;
J'aimais voir vos tapis, quand l'herbe tendre et lisse
Des pleurs frais du matin n'était plus arrosée.

    Mais fuyez mon réduit, etc.

Genêts, lorsque l'haleine et pure et caressante
Du zéphir s'embaumait sur vos pétales d'or,
Le papillon frivole, à l'aile éblouissante,
Voyait mes faibles pas partager son essor.
Je le suivais partout où l'entraînait l'ivresse
Que répandait en lui l'arome de vos fleurs,
Sans songer qu'à mon ame, alors fruit de tendresse,
Vous offririez un jour des regrets et des pleurs.

    Mais fuyez mon réduit, etc.

Onde qui du ravin suis la pente rapide
Et que docile on voit de ton lit t'éloigner,
Ah ! que ne puis-je encore, dans ta nappe limpide,
Sous ton plaisant murmure un instant me baigner.
Pommiers où le pinçon caché dans le feuillage
Par ses concerts joyeux réjouit le hameau,
Que je voudrais encor, sous votre pur ombrage,
Danser un jour de fête au son du chalumeau !

    Mais fuyez mon réduit, etc.

LA BRISE.

Chacun sur cette terre
Ou féconde ou austère
Ouvre sa flamme entière
Aux flammes d'un beau jour.
Pourtant dans les tempêtes,
Comme dans les conquêtes
Et dans l'éclat des fêtes,
Dieu mit aussi l'amour.

Mais moi j'aime la brise
Qui, sur le vieux manoir,
Auprès de mon Elise
Me berce chaque soir.

J'aime aussi l'ambroisie,
La nonnette choisie,
Et dans la poésie
Je goûte le bonheur.
J'aime la vague errante,
La plage murmurante,
Et la feuille mourante
Toujours charma mon cœur.

Mais j'aime mieux la brise
Qui, sur le vieux manoir,
Auprès de mon Elise
Me berce chaque soir.

J'aime l'isar timide
Qui sur la roche aride
Evite l'œil perfide
Qui le guette et le suit.
J'aime sur la lagune
Voguer lorsque la lune
Plonge dans la nuit brune
Son limpide circuit.

Mais j'aime mieux, etc.

J'aime une paquerette,
Quand renaît la coudrette,
M'offrant sa colerette
Sur un front virginal.
J'aime un bruyant tapage
Un beau ciel sans nuage
Et l'herbe qui surnage
Sur l'onde au bleu cristal.

Mais j'aime mieux, etc.

J'aime l'aube naissante,
La grappe mûrissante
Et la voix frémissante
D'une biche aux abois.

J'aime un malin sourire,
Les pavois d'un navire,
Et j'aime d'un Tityre
Entendre le hautbois.

Mais j'aime mieux, etc.

J'aime un son de trompette
Qu'un vif écho répète
Au vigilant athlète
Qui sur ses armes dort.
J'aime sous la feuillée,
Par le matin mouillée,
Une mousse émaillée
De riants boutons d'or.

Mais j'aime mieux, etc.

CHANSONNETTE DE TABLE.

Pour nous quelle douce ivresse,
Quelle joie en notre cœur,
De l'union de la tendresse
Nous partageons la douceur.
Point de fiel ni de colère
A ce modeste banquet,
L'amitié la plus sincère
Nous unit sur ce parquet.

Puisque, enfin, ainsi que l'onde
Disparaissent nos beaux jours,
Amis, chantons à la ronde,
Le bonheur n'est pas toujours.

Puisqu'est si courte la vie,
Savourons-en les attraits;
Point de noire jalousie.
Amis, buvons à longs traits.
A Noé, notre vieux père,
Adressons nos orémus,
Car nous sommes, je l'espère,
Tous disciples de Momus.

Puisque, enfin, ainsi que l'onde, etc.

Dans le fond d'une bouteille
Noyons peines et soucis;
Par ce divin jus de treille
Tous nos maux sont adoucis.
Jetons gaîment l'épigramme
Sur les sots, les courtisans,
Et de l'avarice infâme
Ne soyons point partisans.

Puisque, enfin, ainsi que l'onde, etc.

Si la vaisselle de poche
Gonfle trop notre gousset,
Echangeons-la sans reproche
Contre un vin clair et doucet.
Puis, si nos femmes tenaces
Viennent pour nous quereller,
N'écoutons point leurs menaces
Et laissons les brocs couler.

Puisque enfin, ainsi que l'onde, etc.

Puisqu'en ce jour d'allégresse
Le dieu du vin nous unit,
Célébrons avec sagesse
Ce grand saint qui nous bénit.
Chassons au loin la chimère,
Dissipons les noirs chagrins;
Que la vigne, notre mère,
Complète nos gais refrains.

Puisque, enfin, ainsi que l'onde, etc.

LE PROSCRIT.

D'où viens-tu, pauvre oiseau? dis-moi qui t'accompagne,
Dis-moi qui t'a conduit sous ces créneaux altiers.
Est-ce le frais zéphir parfumant la campagne
Dont mes pas ont souvent exploré les sentiers?
Etais-tu hier encore au seuil qui m'a vu naître,
Dont la porte longtemps a roulé sous ma main?
Etais-tu hier encore sur cette humble fenêtre
Où tes sœurs, bien souvent, ont partagé mon pain?

Si tu reviens des lieux que regrette mon ame
Oiseau qui nous ramène un beau ciel et des fleurs,
Viens dans ce noir cachot qui ne voit que mes larmes
Déposer en passant un baume à mes douleurs.
Viens, et tu me diras si les brises lutines
Font encor tournoyer le coq du vieux clocher
D'où parfois le son clair des cloches argentines
S'élance avec les vents jusqu'au plus haut rocher.

Tu me diras aussi si celle que j'adore
Sur mes jours du passé jette un œil de mépris,
Ou si, pleurant ces jours que rien ne déshonore,
Elle redit mon nom aux échos attendris.
Dis-moi s'il est encor sur cette aimable terre
Quelque ami gémissant sur mes cuisants malheurs,
Et puis s'il est encore une onde passagère
Dont le murmure au loin porte les tendres pleurs.

Dis-moi s'il est encore un if au vert feuillage
Ombrageant le châlet qui vit mes premiers ans.
Dis-moi s'il est encore un cep au long treillage
Promenant sur ses murs ses bourgeons bienfaisants.
Dis-moi s'il est encore une pierre éternelle
Suspendue aux débris de l'antique manoir,
Où la chauve-souris ouvre à la nuit son aile,
Où l'oiseau du sabbat vient glapir chaque soir.

Dis-moi s'il est encore une sombre garenne
Où tout enfant j'allais chercher du bois pieds nus,
Et qu'une mère alors me voyait avec peine
Explorer les contours de moi si bien connus.
Dis-moi s'il est encore un vieux chemin où passe
Deux fois chaque soleil le paisible troupeau,
Où le pauvre, accablé du faix de sa besace,
S'achemine en formant quelque projet nouveau.

Dis-moi s'il est encore un vieux tronc que mon ame
A souvent consulté pour alléger ses maux,
Tandis qu'au haut d'un pic un aigle à l'œil de flamme
Pourvoyait ses aiglons d'un serpent en lambeaux.
Dis-moi qu'est devenue une nacelle aimée
Qui, fendant l'onde bleue au son lointain du cor,
Me portait, sous l'essor de la brise embaumée,
Au pied d'un vieux château que mon cœur aime encor.

Est-il encor, dis-moi, près d'une humble chapelle
Que respectent l'orage et les autans jaloux,
Une modeste croix qui toujours me rappelle
Une enfance écoulée avec des jours si doux.
Dis-le moi, je t'en prie, écoute de ma lyre
Les plaintes s'envoler vers cette rive amie ;
Dis-le moi : par cela le prix de mon martyre
Ne sera plus alors qu'un souffle heureux de vie.

A DIJON.

Oui, j'ai de notre France exploré sans fortune
Les sites différents aux salubres climats;
Sous bien des cieux Phébus et la discrète Lune
M'ont vu porter ma lyre, et ma gourde, et mes pas.
Deux aigïes qui toujours à mes yeux sont présentes,
M'ont dans maintes cités conduit joyeusement;
Mais, à ce que j'ai vu dans mes courses plaisantes,
Je préfère Dijon et son bleu firmament.

Bien des hivers ont fui cette chère patrie
Tandis que j'écoulais mes jours à la servir,
Tandis que je laissais dans cette austère vie
Mon front se sillonner et mes cheveux blanchir.
J'ai vu quatorze fois sous ma noble bannière
Du pampre s'annoncer le développement;
Mais, à ce que j'ai vu loin de notre chaumière,
Je préfère Dijon et son bleu firmament.

J'ai parcouru les champs de la Provence ;
De Marseille j'ai vu la plage aux sables d'or,
J'ai vu sa Cannebière et la magnificence
De ses quais où jamais le commerce ne dort.
J'ai vu Niort au sein de ses riches pacages
Que serpente la Sèvre en coulant lentement ;
Mais à ces quais bruyants, à ces riants bocages
Je préfère Dijon et son bleu firmament.

D'Arles j'ai visité les temples, les arênes ;
De Saintes j'ai goûté le doux parfum des nuits ;
A Foix j'ai promené mes secrets et mes peines
Et dans son vin souvent j'ai noyé les ennuis.
Perpignan au ciel pur, aux brises passagères,
M'a vu dans ses bosquets rêver assurément,
Mais à tous ces berceaux au sein de riches terres
Je préfère Dijon et son bleu firmament.

J'ai vu Vienne, où l'oreille entend gronder le Rhône
Roulant ses flots altiers au pied de ses vieux murs ;
Lyon aux jours brumeux et que le vulgaire prône,
Angoulême au sol riche, aux zéphirs frais et purs.
J'ai vu les jolis bourgs que baigne la Charente,
J'ai souvent parcouru son rivage écumant ;
Mais à tous ces beaux lieux où va ma muse errante,
Je préfère Dijon et son bleu firmament.

Une autre ville encore aux riches broderies,
Et dont ma plume ici ne tracera le nom,
M'a vu, je vous l'avoue, avec mes gaucheries,
Souvent gagner un cœur pour un petit canon.
De ses porches mon sabre a frôlé le porphyre,
L'éperon de ma botte a gercé leur ciment,
Mais à tout ce qu'elle offre encor, j'aime à le diré,
Je préfère Dijon et son bleu firmament.

Plus d'un chantre, sans doute, à ma niaise muse
Jettera l'épigramme au lieu de l'approuver :
N'importe! Que l'on dise : A des rien il s'amuse,
Moi je prends mon plaisir où je puis le trouver.
Puis que l'on dise encore : Il ment de part et d'autre,
Ici, lecteur, je viens l'avouer franchement,
Pour mon goût, pardonnez si point il n'est le vôtre,
Rien n'égale Dijon et son bleu firmament.

DONNEZ, ET DIEU VOUS BÉNIRA.

———

Vous qui, toujours au sein de l'opulence,
Marchez gaîment sur des chemins de fleurs,
Qui du malheur évitez la présence,
Vous demandant parfois les yeux en pleurs,
A ses douleurs ouvrez votre escarcelle,
Et sa prière à vos dons se joindra;
Que de votre or il ait une parcelle :
Donnez, donnez, et Dieu vous bénira.

Quand, pour calmer sa pénible souffrance,
Un orphelin s'offre à vous par hasard,
Vous le fuyez avec indifférence
En le couvrant d'un orgueilleux regard.
De votre bourse il ne veut qu'une obole,
Puis à vos vœux son ame s'offrira.
Soyez humain, c'est un divin symbole :
Donnez, donnez, et Dieu vous bénira.

Dans la mansarde où la bise s'engouffre
Perçant le toit de l'antique manoir,
La pauvre veuve à son enfant qui souffre
Ne peut donner un morceau de pain noir.
De l'innocent et de la tendre mère
Par vos bienfaits le mal s'adoucira.
Pour soulager cette existence amère,
Donnez, donnez, et Dieu vous bénira.

Voyez assis sur cette froide pierre
Ce Bélisaire au front cicatrisé,
Pour seul soutien n'ayant que sa prière
Et son bâton de larmes arrosé..
Riches, pour vous il fit briller des armes,
Pour vous longtemps de gloire il s'enivra.
Soulagez-le, l'aumône a tant de charmes!
Donnez, donnez, et Dieu vous bénira.

Vous vous parez pour un festin champêtre,
Jeune coquette au séduisant minois;
Un barde aveugle est à votre fenêtre,
Sa flûte en vain résonne sous ses doigts;
Son chien fidèle aussi semble vous dire:
Tout dans ce bal, enfant, vous sourira;
Mais au vieillard qui pleure sur sa lyre,
Donnez, donnez, et Dieu vous bénira.

En ajustant la gaze libertine
Dont les doux plis couvrent de frais appas,
Vous promenez votre image enfantine
Dans cet Eden où glisseront vos pas.
Combien de cœurs aux folles amourettes
De vos beaux yeux l'azur y troublera !
En souriant à ces flammes secrètes,
Donnez, donnez, et Dieu vous bénira.

Pour être enfin la reine de la fête,
A vos atours se joignent maints bouquets,
Et sont placés par vos mains si bien faites
Dans vos cheveux mille joyaux coquets.
Tout orne au mieux votre robe légère,
A votre amant votre mise plaira.
Mais pour qu'au ciel vous puissiez aussi plaire,
Donnez, donnez, et Dieu vous bénira.

8 septembre 1857.

www.ingramcontent.com/pod-product-compliance
Lightning Source LLC
Chambersburg PA
CBHW061730180626
46818CB00006B/2543